陽光《ひかり》きらめく
生と死のはざまに

澤井孝子
SAWAI Takako

文芸社

目次

平成二十九年十二月某日――
私は不思議な場所にいました。
心理学の体験講座を受けに来たはずが、
なぜか爆笑の渦の中にいたのでした。

昭和の記憶、思い出

昭和二十八年、私が四歳のとき、大阪帝塚山《てづかやま》で父が経営していた会社が倒産しました。

それまでは裕福な家庭だったと聞きますが私は全く記憶がありません。

父は新しい事業をはじめようとしましたが上手くいかず、それ以来、競輪、競馬、パチンコなどのギャンブルにはまり借金が増え続け、小学校時代は毎年のように転校生でした。

その間十年余り、母が○○結婚式場の仲居さん等の仕事で家計を支えてきました。

私が小学校に入る前だったと思います。四歳上の姉は学校へ行き、父もいなくて、私は一人家にいましたが、無性に母に会いたくなったのです。

母は職場までバスで通っていました。以前、一度結婚式場が休みの日、従業員の家族招待があり、豪華な広い館内を子どもたちで走りまわって遊び、楽しかった思い出がありました。

当時のバスは、運転手の他に腰に黒バッグを提げた女性車掌さんがキップを切っていました。

そのお姉さんが話を聞いてくれて、「その結婚式場はこのバスは行かないのよ」と別のバス停を教えてくれた後バスが発車しました。

見送っているとバスが急に止まり、お姉さんが駆けてきて黒バッグから小銭を出し、「バス代よ」と私の手に握らせ、にっこり笑って急いでバスに戻っていきました。

今では考えられないことですが、お礼も言えないまま何とか辿り着き、「お母ちゃんに会いにきました」と言いました。

母が慌てて駆けつけました。

怒られるかと思いましたが、みんな優しかったです。お菓子をもらって母の仕事が終わるまで待ち、温かい母の手をギュッと握りしめて帰りました。

「父さんギャンブル辞めて、家で子どもたちを見ててくれたら私が働いて何とかやっていけるのになあ……」

と、母が言いました。

「これ以上借金増えたら、うちらにも危険が及びそうや」

姉は、そう呟きました。

私は何がキケンかよう分からへんかったけど、お父ちゃんは優しかったし、時々ギャンブルに勝ったときは、ブタマン、北極アイスキャンデーなんか買ってきてくれたし……。

私が幼少の頃、七輪のまわりで遊んでいて、沸騰したヤカンの熱湯を大量に足に浴び、大泣きしたとき、お父ちゃんはホント素早く私をおぶって一目散に病院へ走ってくれました。

お父ちゃんの煙草《たばこ》くさい大きな背中にしがみつきながら、痛みと安心感の入りまじった涙を流し、対応が早かったおかげで火傷《やけど》あともなく完治しました。

そのときの父の必死な顔が今でも忘れられません。


昭和三十八年、姉が十八歳、私が十四歳、母がとうとう決断しました。

「決めました！」

「何を？」

「これ以上父さんと一緒にいると共倒れになるから、さよならするわ」

姉の高校卒業を待って、父とさよならすることになりました。

父は優しい人で別れるのは寂しかったのですが、人間優しいだけではダメなんだと、このとき知りました。

そして、私の家族のカタチが変わりました。

姉は子どもの頃から女優になる夢があり、東宝映画のニューフェイスに応募、合格し私たちは三人で上京することになりました。

知り合いのいない東京でしたが、東宝の方の紹介で母の仕事も決まり、やっと落ち着いた平穏な東京生活が始まりました。

私が高校三年生になった頃、姉が結婚し同居することになりました。

姉の夫は良い人でしたけれど、やはり遠慮もあり居候の身というのを強く感じ、早く自立したいと思っていました。

そんなとき、京都で開催される〝美しい装い一九六八年ミス着物コンテスト〟の記事を目にしました。

賞金十万円、百万円の着物!?

私は自立するにはお金が必要と、自信があるとかないとか全く考えず、ただそれだけの理由で即応募しました。

ミス美しい装い

写真の一次審査が通り、京都行きが決まりました。

コンテスト当日の早朝、姉がお化粧をしてくれて、姉の着物と帯を借りボストンバッグに入れ、初めての京都、初めての一人旅、初めての新幹線に乗りました。

自分の意思で行動した第一歩が、この経験だったと思います。

京都祇園会館での最終審査は、高島忠夫さん、木の実ナナさん等のゲスト審査員を前に着物姿で行われました。

言われるままに忙しく動きまわり、何が何だか分からないうちに私の名前が呼ばれて、ミス着物に選ばれました。

これが切っ掛けで養成学校である二年制の東宝芸能アカデミーに行くことになり、卒業後は東宝の映画やＴＶに出られるということでした。

講師の先生方はそうそうたるメンバーが揃っていて楽しかったのですが、私は学校を一年で辞めました。

授業料がかかりましたし、特別映画に興味があったわけでもありませんでした。同じ東宝で姉もやりにくいだろうと思ったのです。

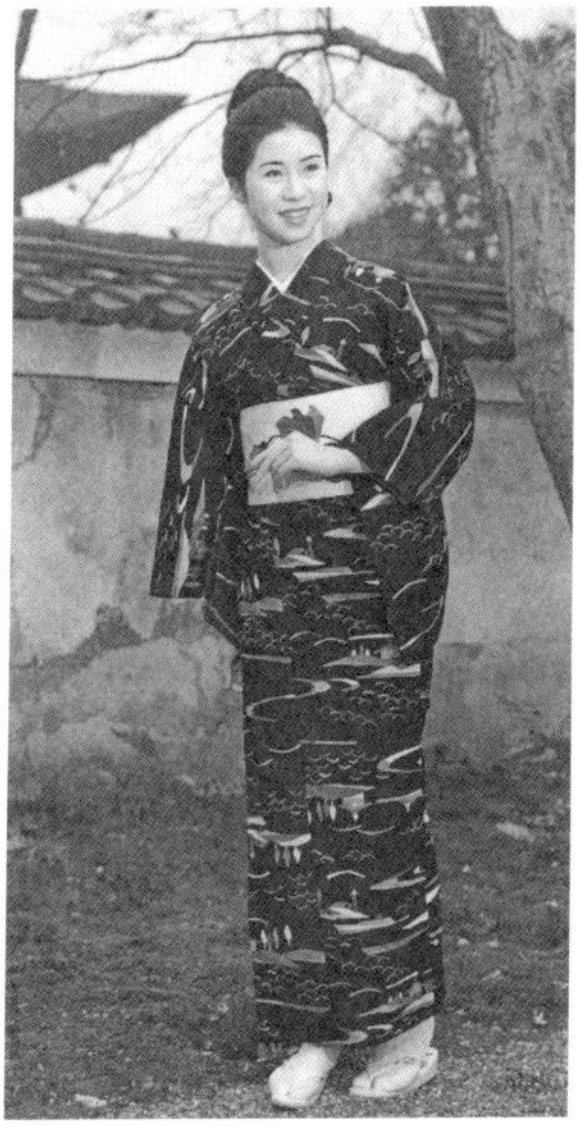
京に遊ぶ（京都・広隆寺）

だからといって何をやりたいか分かりませんでした。演劇や文学少女でもなかったのですが当時新劇ブームだったこともあり、劇団〝雲〟研究生のオーディションを受けました。

「最近観た舞台は？」

「えっと……、舞台は一度も観たことがありません」

正直に答えたところ、ええ〜と失笑されましたが、〝雲〟の七期生に合格しました。

芥川龍之介の長男、芥川比呂志代表の劇団〝雲〟は文学座から分裂して、岸田今日子さん、加藤治子さん、仲谷昇さん、山崎努さん、名古屋章さん、高橋昌也さん、神山繁さん、橋爪功さん等が所属していました。

入団して早々、芥川さんと廊下ですれ違ったとき、〝サワイクン〟と声を掛けられました。

エッ！　私の名前を知っていらっしゃると驚き緊張し、ドキドキしたことを思い出します。

私は全国縦断の舞台や、特撮ドラマ「ミラーマン」等に出演し、二十歳を過ぎて一人暮らしを始めました。

その後〝雲〟が解散、芥川さん中心の演劇集団〝円〟の創立メンバーに参加しました。

〝円〟は先輩、後輩の上下関係ではなく、まあるい円で皆同じ仲間という考えで、エンと名付けたそうで、チケットのノルマもなくとても自由な集団でした。

芥川比呂志氏の数々の舞台の中でも特に、「ハムレット」は伝説の舞台と聞いていましたが、私が出会った頃は大病をされた後で、役者は引退、演出家として活躍されていました。

芥川演出では「メナム河の日本人」山田長政（山崎努主演）の侍女役で、「宰相さまが、いらっしゃいました」という台詞で、「宰相さまが、のが」は鼻濁音でね」とダメ出しがあり、それ以来ビダクオンには気を付けています。

千石（東京都文京区）にできた三百人劇場の柿《こけら》落とし公演、「スカパンの悪だくみ」（橋爪功主演）では、初演〝笑い女〟、再演〝泣き女〟に抜擢して頂きました。稽古は眼光するどい芥川さんのピリッと引きしまった空気の中でしたが、一度も怒ったり怒鳴ったりされたことはありませんでした。

その後、肺結核の悪化で入院されたとき、橋爪さんたちとお見舞いに伺ったことがありました。

声を出すのも、ゼーゼーと苦しそうなご様子でしたが……。

「この間ね、洗面所の鏡を見たら斑《まだら》模様の皮膚にすごい形相の顔が映ってるんだよ！　今度死ぬ役がきたら、これだ！　この顔だ！　と思ったよ」

何と言っていいのか言葉が見つからず……。

後で橋爪さんが、「芥川さんらしいな」と、ポツリと呟いたのを思い出します。

昭和五十六年、六十一歳で芥川さんが亡くなり、〝円〟のぬるま湯的な居心地の好さに、このままここにいても良いものか……と考え、創立から十年後退団し

明治座＝あんぽんたん物語　塩田誉之弘作・演出
沢井孝子　山城新伍

ました。

ありがとう！　雲！　円！

退団後、個人事務所に所属しましたが、三十歳半ばを過ぎた私はこれまでのキャリアが全く通じない厳しい現実を知ることになります。

商業演劇にも出演しましたが、劇団では四十日の稽古、商業演劇では一週間足らずの稽古で、初日を迎えます。

どちらが良いとか悪いとかではなく、プロとしての厳しさを目の当たりにしました。

紀伊國屋ホール＝父の詫び状　向田邦子原作
深町幸男演出　丸井スペシャル第二回公演①

劇団時代は、よく飽きもせずいつも芝居の話ばかりの飲み会でも安心して話ができる仲間たちがいました。

岸田今日子さん主演の舞台、新宿紀伊國屋ホール終演後、共演者の平木久子さん（倉本聰夫人）の自宅へ食事に招待され、橋爪功さんたちと十数名で押し掛け、料理上手な倉本さんのお弟子さんが作って下さった数々の御馳走に、皆大いに盛り上がったこと……。

劇団仲間は私の家族でした。

もう私には帰る場所はないのだと改めて思い知らされたのでした。

紀伊國屋ホール＝父の詫び状　向田邦子原作
深町幸男演出　丸井スペシャル第二回公演②

しかし、劇団にいたら絶対出会わなかった人や経験も多々ありました。平成四年、夫が亡くなり、まだ心身共に不安定なときに演出家の深町幸男さんから翌年の舞台の出演オファーを頂きました。平成五年「父の詫び状」向田邦子原作、金子成人脚本、深町幸男演出、杉浦直樹さん、藤間紫さん、藤村志保さん、名古屋章さんたちとの舞台は紀伊國屋ホールの初演から、再演、再々演と出演し、思い出深い大切な作品の一つになりました。

五か月の結婚生活

平成三年十一月、結婚願望のなかった私でしたが、友人の紹介で歯科医のIさんと知り合いました。父親を早く亡くされ、母親と三人の妹たちの長男として、苦労して歯科医になったそうです。

先妻を亡くし、次の人生を考える中での私との出会いだったようです。

笑顔の優しい誠実な人柄、時々笑わせようとするユーモアは徐々に私の心を和ませてくれました。

「今まで一人で頑張ってきたのだから、これからは僕が防波堤になるので一緒に新しい人生を過ごしませんか……」

彼のプロポーズの言葉でした。

結婚式

六か月の交際後、平成四年五月、私は四十二歳で結婚しました。

私と夫はクリスチャンではありませんでしたが、紹介者の友人たちがカトリック教徒だったため、教会での挙式となり、温かい雰囲気の中皆さまに祝って頂きました。

結婚して一か月後、ヨーロッパ巡礼の教会の旅の企画があり、人数が足りないということで、夫は仕事で無理でしたが私が参加することになりました。

二週間の旅行は、毎日早朝からミサがあり、バチカンやヨーロッパの教会巡りで、かなりのハードスケジュールでした。

特に思い出深いのは、西フランスのルルド。世界中から集まった信者の方々が、夕方ろうそくを手に持ち行列する行事に参加、信者ではない私でも厳粛な気持ちになり、とても心が洗われました。

ルルドの聖水を汲んで日本に持ち帰りました。

夫とは旅行中毎日電話で話し、とても元気そうでした。

ですが帰国した日、「どうしたの!?」と思わず声をあげました。

夫は目も肌も黄色く、黄疸症状が出ていました。

N大学病院の担当医の説明によると、末期の胃ガンで他にも転移があり手術は不可能、体力が続くかぎり抗ガン剤を投与して様子を見ましょうとのことでした。

他に方法はないのでしょうか？　抗ガン剤治療による副作用は？　などいろいろ質問しましたが、「他に方法はありません、体力がもつかどうかはやってみないと分かりません」と言われました。

そのときの担当医の言葉があまりにもマニュアル通りといった感じで、事務的な対応には全く人間らしい温かみを感じることができず不信感でいっぱいになってしまいました。

まだインターネットもない時代でしたから頼れるのは友人、知人からの情報だけ。

そんな中、民間療法（リンパ療法）で成果をあげている医師が横浜にいると知り、面談をお願いし意見を聴きに行きました。

医師はこれまでの末期ガン患者の生存率のデータを示しながら丁寧に説明してくれて、患者の立場に立った思いやりを示しながら、「何事も絶対はありません、何を選択するかは患者さんご本人が決めることです」と言われました。

当時は本人に病状告知はしないのが当然という雰囲気でしたが、歯科医の夫をごまかすことはできないと判断し、面会時間も過ぎた深夜、私は病室に戻り、これまでの経緯をすべて話しました。

夫は私の話を冷静に聴き、「ここは退院して民間療法や、他の方法もいろいろ試してみたい」と言いました。

そこですぐにナースコールをし、看護師さんに「明朝、退院したいので許可書とレントゲンの画像を頂きたい」と申し出ました。

翌朝、慌ただしく退院して自宅に戻ると、私たちはできる限りの情報収集をして、ガンと向き合うことになりました。

民間療法を中心に他の大学病院でのセカンドオピニオン、マッサージ、サプリメント、加持祈祷まで……。

ワラにも縋《すが》るとはこういうことかと思いながらも、良いと思われることは何でも試してみました。

同志として闘っていると、ある日、夫が、

「まるで何十年も一緒にいる夫婦みたいだね」

と言って笑いました。

郵便はがき

料金受取人払郵便

新宿局承認

2524

差出有効期間
2025年3月
31日まで
(切手不要)

160-8791

141

東京都新宿区新宿1－10－1

(株)文芸社

愛読者カード係 行

ふりがな お名前		明治 大正 昭和 平成	年生 歳
ふりがな ご住所	□□□-□□□□		性別 男・女
お電話 番 号	(書籍ご注文の際に必要です)	ご職業	
E-mail			
ご購読雑誌(複数可)		ご購読新聞	新聞

最近読んでおもしろかった本や今後、とりあげてほしいテーマをお教えください。

ご自分の研究成果や経験、お考え等を出版してみたいというお気持ちはありますか。

ある　　ない　　内容・テーマ(　　　　　　　　　　　　　　　)

現在完成した作品をお持ちですか。

ある　　ない　　ジャンル・原稿量(　　　　　　　　　　　　　　　)

書　名				
お買上書　店	都道府県　　　市区郡	書店名	書店	
		ご購入日	年　月　日	

本書をどこでお知りになりましたか?
1.書店店頭　2.知人にすすめられて　3.インターネット(サイト名　　)
4.DMハガキ　5.広告、記事を見て(新聞、雑誌名　　)

上の質問に関連して、ご購入の決め手となったのは?
1.タイトル　2.著者　3.内容　4.カバーデザイン　5.帯
その他ご自由にお書きください。
(　　)

本書についてのご意見、ご感想をお聞かせください。
①内容について

②カバー、タイトル、帯について

弊社Webサイトからもご意見、ご感想をお寄せいただけます。

ご協力ありがとうございました。
※お寄せいただいたご意見、ご感想は新聞広告等で匿名にて使わせていただくことがあります。
※お客様の個人情報は、小社からの連絡のみに使用します。社外に提供することは一切ありません。

■書籍のご注文は、お近くの書店または、ブックサービス(0120-29-9625)、
セブンネットショッピング(http://7net.omni7.jp/)にお申し込み下さい。

あるときは、「看病させるために結婚したみたいですまない」と……。

私は絶対諦めたくありませんでした。

しかし、徐々に身体が弱っていくのが分かり、結婚して四か月後の九月二十日、「君と出会って夢のように幸せだった、ありがとう……」

最期の言葉を遺して夫は旅立ちました。

享年五十一歳。

後に一部の人たちから〝抗ガン剤治療をしていたら助かったかもしれないのに、民間療法に変えたせいで死を早めたのでは!〟と、誹謗中傷、非難を浴びることにもなりました。

葬儀の日、十キロ痩せた私は体調が最悪の状態で対応に追われていました。

参列者の方が次々に焼香される中、白いモヤがかかり、読経の声が遠く意識が朦朧となり、喪主席の椅子から崩れ落ちそうになったとき、ふいに誰かが支えてくれたのです。

それは亡き夫でした。

彼は穏やかな笑顔で〝大丈夫だよ〟と言うと、やさしい温かな空気が流れてきて、祭壇から無数の金色の光の粒子のようなものが、キラキラと輝きながら私に降りそそいできました。

こちら側とあちら側の境界線が極めて曖昧な異空間の中、あまりの美しさに呆然と見つめているうちに……大量の光は私を包み込み、うっとりする心地好さ、すごく気持ちがいい！　先ほどまでの胸の痛みや眩暈《めまい》がウソのように体調が良くなり、椅子に座り直し、私は最後まで無事に喪主を務めることができたのです。

あれはいったい何だったのだろう？

夢か幻か？

どう考えても分かりませんでしたが……。

でも金色の光を浴びて倒れそうな状態から持ち直したのは、まぎれもない事実でした。

人に話しても、疲労から幻覚を見たのだとしか思われず、このときの不思議な体験はずっと私の心に重く残りました。


その後、一人暮らしに戻った私は、躁ウツ状態が激しく、自分でもどうコントロールしたらよいのか分からず混乱の中にいました。

そんなとき、心配した友人に誘われて茶道を始めることになりました。

裏千家のお茶室に初めて伺ったとき、打ち水した玄関までの細道を歩き、玄関の引き戸を開けると、香のかおりと静謐《せいひつ》な空気が流れ、稽古中の先生の明るい笑い声が聞こえてきました。

毎年、自然と向き合う四季おりおりの行事を経験するうちに、人、動物、鳥、虫、野の草花……、すべては繋がっているという不思議な居心地の好さは、私の心情にぴったりはまり、徐々に心の平安を取り戻していったのです。

この頃は母は元気で、余計なことは聞かず、黙って寄り添い、私をいつも気づかってくれました。

ですが、四年後の平成八年、脳梗塞で倒れた母の十三年の介護が始まったのです。

介護生活

平成八年、八十歳の母が脳梗塞で倒れ介護が始まりました。

姉夫婦は遠方にいて、母は姉の娘夫婦と一軒家に住んでいました。

平成十二年、介護保険制度がスタートしました。

私は週二、三回自宅から通っていましたが、長期化するかもしれない介護に不安を感じ、ヘルパー2級の説明会に参加、三か月受講し資格を取得しました。

母は何度か入退院を繰り返し介護認定を受け、ケアマネージャーさんやヘルパーさんとの交流が始まりました。

私は同居している姪夫婦に、あまり負担はかけられないと泊まり込むようになっていきました。

にっぽん丸 春クルーズ 2003年3月25日～4月2日

二十歳過ぎから実家を離れた私は年に数回しか帰りませんでしたが、介護によって病院の付き添いや買い物など、再び母との密な時間を過ごすことになりました。

平成十五年三月、八十八歳のお祝いに車椅子の母へ、横浜港から桜を追って瀬戸内海を巡る九日間の船旅をプレゼントしました。

ドレスコードの日は二人で着物姿で参加、船内では米寿のお祝いもして頂き、ひ孫誕生も重なり母は本当に嬉しそうでした。

帰宅後、母から手紙をもらいました。

①孝子さん江

船たび本当に有り難う。ようやく手紙書く気になりました。うきうきしていた気持もおちつき母の八十八米寿の思い出祝ってくれ一生忘れること出来ません。

船内の中での貴女の母にたいしての気づかい外のだれ一人としてまねできません。

元気といえ半病人の私、どれだけ気をつかってくれた事、私わよくわかっていました。自分の娘ながら涙が出ます。こんな事はだれに云ってもわからないでせう。音楽会、らくご其の他の色々私の手を引き、食事時わ私がたのしそうにするのを嬉しそうに知らない方たちとお話しながらの一ト時、何かにつけても私が気をつかわぬよう気づかいしてくれ、一寸つかれたと思えば部屋で休ませてくれ、船内のお風呂わ毎日手をひいてこまない時間につれて行ってくれ、私の頭の先から足の先まできれいに洗ってくれて自分わゆっくりはいらなくても私はキチットしてくれ我子ながらすまないと思いました。

私の米寿のお祝いを船長さん沢山のお客様方々からお目出度う、又ひ孫が出来た事まで皆さまからお祝いのお言葉いたゞき、とてもかんげきしました。

本当に嬉しかった。これも孝子がいてくれなかったらこんな嬉しい事わなかったでせう。全部貴女手つづきしてくれ、めずらしい所名所もタクシーで三ヶ所、私は一生頭からきえないでせう、まだ〳〵書くことわ山程ありますが今日わここまで、又の日に書きます。

孝子のたんじょう日忘れていたのでわありませんヨ、元気で身体大切に気ままな母より、少しですが母の気持おいしいものたべて下さい。有り難う〳〵大じな娘孝子さん江

五月一日母より

②孝子さん江
今年ものこりすくなくなりましたネ
だが色々たのしいこと沢山ありましたネ
私の一生の思い出、三月船たびにつれていってくれましたこと本当にたのしかったです
よう私の世話をして船の中ばかりでなく色々めづらしい所あんないして本当に嬉しかったです。又ひ孫が出来皆元気、本当によい年でした。我が娘ですが私の気持わ貴女にわお礼の言葉もありません、本当にありがとう
私貴女が一人だから元気でいてくれるように毎日いのっています。身体だけわ気をつけて無理しないよう私の事気にかけて下さる気持わ嬉しいが、自分の事考えくれ〴〵も大切に又来る年わ好い年でありますようにおいのり致します。私皆にすかれるよいおばあさんでありますようがんばります。大変でせうがたのみます。私の悪いところがあったらちゅういしてネ、くれ〴〵も身体大切に

母より
私の大切な娘孝子さん江、平成十五年十二月六日

母はこの他にも十五通ほどの手紙をくれましたが、いつも私の身体の心配と感謝の気持ちが書かれていました。

私にとっては宝ものになりました。


平成十九年、母は消化管疾患によりストーマ（人工肛門）の手術をし、要介護5の寝たきりになりました。

平成二十年、ケアマネさんやヘルパーさんにお世話になっていたとはいえ、昼夜関係なく呼ばれ睡眠障害と酷い右手腱鞘炎に悩まされた私は、すでに心の余裕はなく疲れ果てていました。

大好きだった母……それなのに、もう逝ってくれないか……一緒に死んだらお

互い楽になる……そんな考えが頭をよぎりました。

平成二十年十月十七日、新しい介護用ベッドに交換したばかりの夕方、水分補給をするため水を少し飲ませたとき、今まで閉じていた眼を急に大きく見開き私の顔をじっと見つめて何か言ったと思ったら、とつぜん、ガクンと脱力しました。まるで私の心を察したかのように、抱きかかえた私の両腕の中で母は息を引き取りました。

享年九十三歳、強くて優しくて一人で姉と私を育ててくれた大好きな母。

十三年間の介護生活が終わりました。

三回忌が過ぎた平成二十三年、東日本大震災が起こりました。

あまりにも現実ばなれした東北被災地の惨状に、東京在住の私でも連日TVや新聞のニュースを見て心が塞ぎ、何もする気になれず引き込もり状態になっていました。

そんなとき、被災地の老人ホーム施設の映像を目の当たりにし、母の介護中にとったヘルパー2級（現在は初任者研修）の資格を思い出しました。

東北には行けないけれど、身近で何か人の役に立てることはないかと考えました。まるで誰かに背中を押されるように重い体を起こし、近所の訪問介護事業所に行き、ヘルパー登録をしました。

訪問ヘルパーの移動手段は自転車ですが、私は乗れないし乗りたくなかったので、自宅から徒歩三十分以内というのが私からの唯一の条件でした。

六十歳を過ぎ自分のリハビリもかねてスローペースでするつもりでしたが、人手不足もあり仕事が増え、一日二、三時間歩くのが普通になり、五キロオーバーだった体重も元に戻り、夜型から朝型の生活スタイルに変わりました。

十三年母を介護したので少しは自信があった私ですが、現実は全く違いました。百人いれば百通りの症状の違い、それに対するケアの方法も様々で、これまで狭い価値観の中でしか生きてこなかった自分を思い知らされました。

それぞれの家族のカタチとは……

ケース① Aさん七十代女性、要介護3 独居認知症

ゴミ屋敷となった中で保護されます。生活保護申請が受理され生活が成り立つようになりました。ケアスタッフはその方の経歴、既往歴、現在の病歴等を把握してケアに当たりますが、若い頃は驚くほどのキャリアの持ち主、どうして生活保護を受けるまでになったのでしょうか……。

憲法第25条、生活保護の理念。国民は健康で文化的な最低限度の生活を営む権利を有する。これは生存権と呼ばれる。

私もあのとき一歩踏み出せず引き込もりの生活を続けていたら、不健康で認知症のリスクも高まり、貯金も使いはたし、ゴミ部屋の中でうずくまっていたかもしれませんでした。

人はちょっとしたボタンのかけ違いや行動で弱者や犯罪者にもなり、人生が大きく変わってしまうのは誰でも有りうること。

それを他人が批判することなどできません。

ケース② Bさん八十代女性、要介護5 夫、長女と同居

二度の脳梗塞で左半身マヒ、車椅子生活だが右手機能だけは残存し、異常なほど力が強かった。

暴言暴力が増えていきヘルパーの交替が激しく、ケアマネさんの悩みでした。

でも私には心を開いてくれることもあり、週四回のケアを任されていました。

だが病状が悪化、自分の体が動かない中、唯一右手だけは意志を伝えられる方

法、そのイライラが暴言暴力になってしまうという現実。病気だから仕方がないと分かっていてもやはり恐いし痛いし笑顔も強張ります。

ご家族も私にも限界がきていた頃、早朝、誤嚥で救急搬送され帰らざる人となりました。

ケース③　Cさん八十代女性、要介護3　独居認知症

宝石販売の詐欺に遭ったこともあり、財産管理は甥御さんが後見人になっています。

朝、訪問すると玄関でTシャツだけ着て、下着なしの状態、泣きそうな顔で立っていました。

寝室、リビング、トイレに至るまで尿便失禁で足の踏み場もない状態。時間内に一人でケアはムリと判断、事業所へヘルプを頼みました。

「風邪引くといけないから着替えようね」と風呂場へ連れていき、全身清拭、更

衣しました。

いつもニコニコ穏やかな性格だったCさん、その後、施設入居が決まりました。

ケース④　Dさん八十代女性、要介護4　全盲統合失調症、夫と二人暮らし

以前は昼間の明るさは感じられましたが、ある日突然シャッターが降りるように、昼夜漆黒の世界になったといいます。

昼間でもカーテンを閉めきり常に幻聴があり、「誰かが自分の悪口を言っている」と被害妄想が激しい。夜寝るときもパジャマは着ないで、いつでも逃げられるように何枚も服を重ね着しベッドに入るといいます。


初めての入浴介助の日、音に敏感なので囁くような小さな声で場所の確認、誘導して浴槽に入られました。

湯船に浸かりながら笑顔が見られ歌を口ずさんでいたとき、柔らかい何かがプ

クプクと浮かんできました。

あぁぁと声掛けしようと思ったとき、手で湯をかきまわしはじめました。しばらく様子を見ることにし、「そろそろ出ましょうか?」と浴槽用椅子に座ってもらい全身をシャワーできれいに洗い流しました。

私が赤ん坊の頃、父が私を抱いて湯船に入り（当時お風呂がある自宅は珍しく、私の記憶にはない豊かで恵まれた生活があったと思われます）あやしていると、ケラケラ笑いながらプクプクと便を漏らし、周りが大変大変と騒いでいると父が「気持ち好かったんだよなあ、こんなの汚いことあらへん」と言いながら湯をかきまぜたと、母から聞いたことを思い出しました。

きっとDさんも気持ち好かったのよね!

うす明かりさえ遮断され、昼夜漆黒の世界で生きるとは孤独で何と残酷なことでしょうか……。

統合失調症患者さんは、もしかすると宇宙や集合意識からの情報の渦の中で溺れているのかもしれません。

ケース⑤　Eさん九十代女性、要介護3　独居認知症

ゴミ屋敷となった自宅一軒家で保護されました。ご家族も親戚もいないため有料老人ホームを提案、見学もされましたが、「自宅が良い」と、これだけは頑として拒否されます。

理由を聞くと「自由でいたい」と仰せです。

司法書士の方が財産管理、週四回デイサービス、他の日はヘルパーや家政婦さんが来て生活を維持されています。

一度コロナ感染で入院、退院後は元気に元の生活に戻られ、Eさんはそのことは全く記憶にないといいます。認知症って周りは大変でもご本人にとっては幸せなことかも？　と思ってしまいます。

特に基礎疾患もなく食べることが大好き、ご本人は満足なご様子で、独居認知症でも自宅で生活できるというケースですが、これは財産があって成立することです。

平成二十六年、事業所から介護職員実務者研修受講の知らせがありました。

六月～十一月末までの六か月、月曜日～土曜日（日祝日休）

十九時～二十一時四十分

訪問介護は利用者さんと一対一で接し、いろいろな状況でも一人で対応しなければならず、技術的な不安や疑問も感じていたこともあり、もう一度勉強するチャンスと思いました。

ですが一つ問題がありました。教室が我が家から電車乗り継ぎで片道一時間、徒歩だと三十五分かかりました。

昼間はケアが入っていて忙しく、その後徒歩往復七十分、体力的に大丈夫かと心配しました。

でももし途中でダウンしたら、そのときはそのときと腹をくくり受講することにしました。

十九歳から六十五歳の私まで男女十一名が受講し、一回でも遅刻や休みがあると即取り消しになる厳しい条件で、毎回全員なんとか教室の席に着いたときはホッとしました。

世代を超えたこの六か月の経験は不思議な連帯感を生み、一人の落伍者も出さず十一名全員修了できたときは、皆それぞれがやったネ！　と充実感でいっぱいになりました。

修了後、三年以上の実務経験があれば来年一月末の介護福祉士国家試験が受けられます。

私ともう一人の女性Mさんに資格があるといいます。国家資格など考えもしませんでしたし、何をどうするのか分かりませんでしたが、五年間の過去問題集で勉強しました。実務者研修修了者は実技は免除されるといいます。

過去問って何？　というレベルでしたし、試験まで二か月しかない現実に迷いましたが……。

これもやるだけやってダメなら仕方ないとまたまた腹をくくり挑戦することにしました。

翌、平成二十七年一月、試験場はたくさんの人で溢れ、いくつかの教室に分かれちょっと緊張しながら試験にのぞみました。

三月、Mさんと二人無事合格の知らせが届きました。

介護福祉士資格も取得しましたが、百通りの症状に適したケアは相変わらず厳しかったです。

ケース⑥　Fさん七十代女性、要介護2　独居認知症

朝訪問すると、部屋の電気、ＴＶはついていて台所は料理途中の様子ですが姿がありません。

声掛けしながらトイレまで探して、浴室の前でイヤな予感がしました。

扉を開けると浴槽内で半分沈んだ状態のＦさん！

私は必死に引き上げようとしましたがとても重くて無理、もう息がないことも分かり、事業所と消防署に連絡、私は第一発見者になりました。

前日、元気に「じゃあまた明日ネ」と別れたばかり、別れは突然やってきます。〝またネ〟はないのだと昨日の笑顔が目に浮かび、初めての経験にショックは大きかったです。

ケース⑦　Gさん百歳女性、要介護4～5

私が訪問介護のヘルパーを始めた頃、Ｇさん（百歳）の入浴介助の依頼があり

ました。

明治生まれのGさんは眼と耳は少し不自由でしたけれど、入浴時の服の着脱もできるだけ自分でされる、小柄な身体に凜とした素敵な女性でした。

お手伝いしながら浴槽に入られると、口数は少なくても実に気持ち好さそうでした。

一年ほどして自宅入浴が困難になり、訪問入浴（バスタブを室内に持ち込み、横になったまま看護師、ヘルパー三人で入浴介助する）に変わり、私はベッドでの清拭、オムツ替えの担当になりました。

もうすぐ百二歳の誕生日を迎えるというある日、いつものように訪問しベッドに横になっているGさんに声掛けしながら様子を見ると、どうも息をされていない。

同居している娘さんが、さっきまで起きてたんですよ……と。

とても穏やかなお顔で、死亡診断書は老衰とのことでした。

こんな苦しみもなく自然な死もあるんだと、天寿を全うされた美しく理想的な死だと思いました。

＊

ただ、人の死に直面することが多くなったことや老いの厳しい現実を目の当たりにし心がついてこなくなり、耐え難い不安と孤独感に襲われるようになりました。

私自身のケアが必要になってしまったとき、平成二十九年に出合ったのが、心理学体験講座でした。

ワハハワハハ――。

壇上で爆笑をさらっていたのは、日本メンタルヘルス協会、衛藤信之先生でした。

以前から心理学に興味はあったものの、どこで学べばいいのか分かりませんでした。私が通っている某筋トレ教室の季刊誌に毎回お悩み相談がありました。その回答者が衛藤先生で、いつも温かく分かりやすい回答をされる方だなと思っていました。

ここなら私でも学べそうと思い基礎コース12講座を受講することにしました。どの講座も面白く目からウロコ状態で、なるほど！　と胸にひびきました。それまでは〜ねばならないという強い思い込みが、自分をしばり追いこみすぎて苦しみが増していました。

答えは一つではないと気づかされ、心がどんどん解放され楽になっていきました。

その中でも特にトランスパーソナル（未来）心理学は強烈に私の心を揺さぶったのです。

言葉のチカラ

平成二十九年、介護の訪問先である認知症の方が、涙を流しながらテレビを観ていました。

それはテレビ朝日「やすらぎの郷」でした。

平成三十年一月、〝六十代の若者たちへ〟成熟した大人世代に贈る、倉本聰さんのメッセージが新聞一面に掲載されていました。

私自身、落ち込んでいた時期だったこともあり、ドラマとこのメッセージにすごく励まされたのです。

それでそのことを伝えたいと、倉本さんと平木さん宛に手紙を書きました。

住所も曖昧でしたが、富良野の倉本聰先生で届くと聞いて（笑）。

でも、それから一年が経ち返事がなかったので、やはり手紙は届かなかったのだと思っていたのです。

平成三十一年（令和元年）、心理学の基礎コース修了後、もっと深く学びたいとプロコースに進みました。

自分のための楽しい基礎コースとは違い、心理カウンセラーを目指すプロコースは、まず毎回もらえるテキストの内容の濃さにビックリ。年齢、性別、職種に関係なく集まった仲間は、毎回のレポート提出や、お互い協力しなければできないミッションも多く、ここでしか出会えなかった人ばかりで、仲間全員が互いに心理カウンセラーとして関わってくれたのです。

まるで家族のような信頼関係がめばえ、時の変化のスピードに眩暈を起こしそうな自分自身、お互いを励ましあう仲間がいたからこそできたことで、今でもその付き合いは続いています。

「プロフェッショナルとは、あなたが誰かに〝あなたが生まれて来てよかった！〟と、言われる存在になることです」

衛藤先生のこの言葉を重く受け止めています。

そのプロコースの卒業式が、大阪某ホテルでありました。

翌日帰宅すると、いつも留守電にしている固定電話から女性の声が聞こえました。

受話器をとると、チャ子さん!?　平木久子さんでした。

私は床にへたり込みました。

「手紙が届いた頃は足を悪くして入院中だったの、退院して何度か電話したけど、いつも留守電でそのまま切っていたけど、今日は名前だけでも入れておこうと思ったのよ、スマホもメールもしないのでネ（笑）。それで倉本が次の作品を書いてるのよ。ヅメ（橋爪功さん）も出るのよ」と……。

電話を切った後も嬉しくて、しばらく立ち上がれませんでした。

一度、倉本作品に出てみたい……。

図々しいと思いながらも〝どんな役でもいい、通行人役でもいいので出させて下さい〟と、手紙をしたためました。

しばらくして、事務所に出演オファーが届きました。

「やすらぎの刻〜道」ミッキー・カーチスさんの妻で、夫の死も分からない認知症で寝たきりの役を頂きました。

風吹ジュンさんとの、とても悲哀溢れるシーンをくださって、倉本先生には感謝しかありません。

撮影当日、山奥のロケ現場で女性スタッフさんがこの女優さんはどんな方ですかと聞いたら、「円の創立メンバーで、素敵な女優さんがいるんだよ」と、倉本先生がおっしゃっていましたよと……。

私は胸がいっぱいになり、言葉もなくて、ただ頭を下げるだけでした。

何十年ぶりかにお会いしたヅメさんからは、「ターコ、変わらないなあ」と言われましたが、そのときは老けのメイクをしていたので複雑な顔をしたのでしょうね。

慌てて「老けさせるの大変だったろう」なんて言ってヅメさんらしいなと思いました（笑）。

「ノムさんが紀伊國屋演劇賞もらったんだよ。オレがもらうより嬉しかったなあ……」

お互い共通の円の仲間の話で、一気に当時にタイムスリップしたように話が弾みました。

（野村昇史さん、二〇一八年「藍ノ色、沁ミル指ニ」第五十三回紀伊國屋演劇賞個人賞、二〇二三年八月二十一日死去。享年八十五歳）

撮影が終わり、「ヅメさん、お疲れさまでした」と声を掛けると、おぉ～と言いながら近寄ってきて、後片づけでスタッフさんたちが忙しく行きかう中、何も言わずギュッと私を抱きしめてくれました。

若さゆえ許されたであろう生意気さも、深く考えずに突っ走った劇団時代は私の青春でした。

ミラーマン

令和三年、『ミラーマン』（円谷プロ）が五十周年を迎えました。

ミラーマントレジャーＢＯＸ、ヒロイン書籍が発売されました。

『ミラーマン』は、昭和四十六年十二月五日～翌年十一月二十六日まで一年間、全五十一話、フジテレビ系毎週日曜日夜七時～七時三十分の番組でした。

ミラーマンこと鏡京太郎（石田信之さん）の恋人、御手洗博士の娘、朝子を演じました。

当時、劇団〝雲〟に所属、ＴＶに出はじめた頃で、初めてのレギュラー番組でした。

スタジオは美セン（東京美術センター、後の東宝ビルト）と呼ばれていたところで、二階にメイク室があり、ときどき別のスタジオでやっていた特撮部分の撮影をのぞきに行ったりしていました。

スタッフの皆さんが作品にかける熱意のすごさは、職人という感じでした。爆発シーン一つにしても時間をかけて、特に夏の暑い中では、ミラーマンや怪獣の着ぐるみに入っている役者さんは大変そうだなと思いながら見ていました。

御手洗朝子

監督は、初回、二回目は巨匠・本多猪四郎さん。黒田義之さん、東條昭平さん、鈴木俊継さん等、皆さん個性的で円谷プロ作品に対して愛がありました。

当時は同時録音ではなくてアフレコでした。それも撮影が二本撮りの同時進行で、青山のスタジオで録音

ミラーマンこと鏡京太郎役の石田信之さんとの2ショット

するときに初めて撮影されたフィルムを見て、こんな風に映っているのだと思いました。

今のようなCGはない時代でしたから、本当に全部手作りでした。

石田信之さんとは、〝朝子〟〝京太郎さん〟と呼び合い兄妹みたいに仲が良くて、現場のスタッフさんにしても〝京太郎！〟〝朝子！〟と皆さん役名で呼び、撮影自体はなかなかハードでしたが、現場は常にいい雰囲気でした。

エンディングテーマに使われた「戦え！ミラーマン」は、レギュラーで若手の四人（石田信之、杉山元、市地洋子、沢井孝子）が、撮影の合間に急に集められて、練習する間もなく録音ということになったのです。

レギュラーメンバー（SGM研究所）

市地さんは歌手でもいらしたから、彼女にずいぶん救われました。

一つのマイクで、皆でダンゴになりながら歌った記憶があります。

平成二十八年、ミラーマン四十五周年のとき、ファンの方が有志を募って会を催されて、そこに石田さんと私を呼んで頂き、当時の映像を見ながらお話をしたりして、四十五年ぶりの再会になりました。

そのときはお元気で、「また何か一緒にやろうね」っておっしゃって……。

その後、連絡がないので、どうしてい

るかなと思っていたら訃報が届きました。

だからそのときが、お会いした最後になってしまいました。

他のレギュラー俳優さんたちも、亡くなられたり、消息不明だったりして、生存がはっきりしているのは、私と工藤堅太郎さんだけになりました。

令和二年十一月、ミラーマンファンのユーチューバーの方から、京都在住の工藤さんと二人の対談をしてほしいと依頼され、私が京都へ行き、五十年ぶりに再会しました。

「オレはアクションが大好きで、監督から言われてないのに自分からアイデアを出して、ずいぶん危ないこともし、ケガも多かったけど楽しかったなあ」

現在工藤さんは、小説の執筆や、俳優としても活躍されていて、今度は時代劇映画「切り捨て御免」の脚本・監督も初めてされるそうです。二〇二四年三月に撮影開始とのことです。

シリーズ化されたウルトラマンと違って、一年完結のミラーマンは、一部のファンの方はいるものの忘れられた存在と思っていました。

でも何年か前に、日本テレビの「24時間テレビ」で、林家たい平さんがマラソンランナーをされたとき、たい平さんがミラーマンのファンだということで、ゴール後に、最終回の、自分の星に帰るミラーマン、京太郎と朝子の別れのシーンが、サプライズで映し出されました。

それを観て、ミラーマンにもそういうファンがいらっしゃるのだなと、改めて感じました。

ずっとウルトラマンの陰に隠れた番組だと思っていたので。

ちなみに、ファンの方には名シーンと言われているようですが、撮影現場は夕焼けの情景を出すため、超強力な照明があてられ、髪もチリチリ焼けるほどで、暑いのを通りこして、拷問のような（笑）撮影でした。

でも、それもいい思い出です。

半世紀経った今でも、誰かの心に残る思い出の一つになっているなら本当に嬉しいし、そういう作品に関わらせて頂いたことに感謝したいです。

私は、物事はすべて偶然ではなく必然という考えです。

結局は人と人との繋がりなのです。

今回のミラーマントレジャーBOX、ヒロイン書籍発売も、ありがたいご縁だと思っています。

TV、映画の撮影は今でも過酷な現場が多いのかもしれませんが、スタッフとキャストが一丸となって一つの作品を作り上げるのは、本当に価値があることだなと。

いいものはきちんと残るのですね。

私も役者としても介護士としても、ずっと人と関わっていきたいと思います。

生涯現役で少しでも社会貢献できればと、そんな人生が送れれば幸せだなと思っています。

つながる魂

介護士になって十年以上経ちますが、ここ数年で介護業界も大きく様変わりしたことがあります。

紙から端末操作になったことです。

紙文化が長かったぶん、最初の頃は混乱も多く、スマホメールですべてやりとりするには、使いなれていない人がほとんどで、私もその一人でした。

操作ができなければ、仕事を辞めるしかない！　独居生活では身近に聞く人もいなくて、汗だくで何度もスマホ店舗に駆けこみました。若い店員さんが〝そんなことも分からないの？〟と声には出さないけれど、ありありと態度に出ているのを見ないフリして、低姿勢で何度も聞いて（聞いても専門用語が多くて分からないこともありましたが）、頼る相手がいないと自分で何とかしなければ生きてゆけない！

その後、〝一時間四千円です〟と言われ、ええ〜、なんて世の中になったの－と、そんなことを経験しながら、職場仲間で情報交換し、なんとか乗り切った感がありました。

一か月に一回、対面であった勉強会はコロナでオンライン研修になり、答えや感想など以前ちょっと習ったパソコン操作を（スマホになってから辞めました）思い出しながら、紙に書いた方が早いのにと思いながら入力しています。

でも、見方を変えればけっこうボケ防止になっているかもしれません。

〝アップで見れば悲劇だが、ロングで見れば喜劇である〟

チャップリンの言葉を思い出し、思わず、クスッと笑ってしまいます。

しかし、変わらないことが一つあります。

利用者さんとの接触や、心のコミュニケーション。

介護現場で、ＡＩが進歩して力仕事等は軽減されるかもしれませんが、人と人との信頼関係の繋がりは人間同士しかできません。

アナログ人間として、これだけは日々の経験から確信できます。

七十歳を過ぎて、右手首骨折をしたとき、ヘルパー仲間が「買い物、掃除、何でもするから言ってネ」と。

コロナ感染し、十日間自宅で外出自粛要請されたときも、食料支援を受けましたが、缶詰やレトルト食品ばかり（もちろんこれもありがたかったですが）。さすがに生食品が食べたくなったとき、私は頼んでいないのに、気をきかせて、ピンポーンとチャイムが鳴ってドアの外に届けてくれたこと……。

人は一人で生きていても、誰かに助けられ、生かされているのだと身にしみて分かりました。

信頼できる友、介護職員仲間に感謝！

八十代のヘルパーさんの頑張っていらっしゃる姿を見て、利用者さんの方が年下も増えていく中、自分の安否確認をしてもらうためにも（笑）、仕事は続けたいと思っています。

私も高齢者になりましたが、若い頃は七十歳を過ぎたら、のんびり余生を送っていると思っていました。

でも日々、次々とやることがありけっこう忙しい毎日で、のんびりとはほど遠い生活をしています。

女優も介護士も健康であれば定年のない仕事、もしかして生涯現役でやれるかも!?　と、自分に期待しています。

心理学では、老いの時期は体力の低下にともない人生の衰退期として語られます。

それまで生きてきた人生の本質、人生の集大成が問われる季節でもあり、残りの人生何をすべきかと考えます。

生きることは孤独の修行。

しかし、老いの時代を喪失や絶望の時代ではなく、愛しく温かい時間にできるとも思います。

幸せは、今ある瞬間をしっかり味わう能力。

今日出会った人と、笑顔と真心で関われただろうかと自分に問います。

幸せな出会いは、何げない優しい心の延長線上にあります。

奇跡は特別のことではなく、今日普通に生きていること、今日という日は神さまからのギフトなのです。

〝年齢により肉体は老いるが、心や魂は鋭敏になり若さを取り戻す〟(心理学者ユング)

ピンチは〝自我へ執着する〟。

チャンスは〝自我を超越する〟。

限られた人生の時間を意識したとき、戻せない時間の尊さに気づく……。

長年の疑問を一気に解凍してくれた日

個人を超越するトランスパーソナル（未来）心理学。物理学編、心理学編との出合い。

この世界は小さな粒子からできていて、人も星も大地も空も物質も動物も、すべて素粒子の集合体です。

空即是色《くうそくぜしき》、色即是空《しきそくぜくう》＝すべては素粒子と空の世界。

人間の悲しみは孤独から始まりました。

孤独とさよならするには……。

祖先と死んだ人たちとも、動物、植物、大地、大気とも、私たちは一つで決して孤独ではないと知ることです。

死は終わりではなく、肉体は滅んでも、すべてと繋がる魂の世界はあります。

苦しみ、悲しみも何かに生かすことで、死にも意味が存在します。

命は終わるのではなく、循環しています。

シンクロニシティ（意味ある偶然）――タイミングが熟したときに、心と現象がシンクロします。

必要なことは必要なときに起こります。

偶然はなく、すべて必然という考え。

人生はすべてのことに意味があります。


今までの出来事がフラッシュバックして、バラバラだったジグソーパズルのピースが、次々にはめ込まれていくようでした。

夫の葬儀の日の不思議体験
一つ一つの情景がはっきりと蘇り、夢でも幻でもない、あの日、私は見えない大きな力で生かされたのだと確信し、魂が震えるほどの深い感動の中、私はこの講座に出合うためにここに来たのだと、すべてが腑に落ちたのです。

生かされている自分に感謝し、残りの人生で何をするべきか、私の役割は何かを考えるようになりました。

……勇気を出して新たな一歩を踏み出せば、人は何歳《いっ》からでも遣り直せる！

私の家族

姿、カタチは目に見えなくとも、心の絆はずっと繫がっています。

母、姉、夫のIさん、縁あって出会った人たち、そして……父に感謝！

終　活

七十歳を過ぎて右眼白内障手術、右手首骨折、コロナ感染……。

六十代までは大きなケガや病気もしないでいただけに、やはり七十代の体力低下を感じ、歳のせいにしていました。

でも、これからもすべて歳のせいにして生きるのはどうかなぁと思いました。

これは必要なことはすべて必要なときに起こる。人生に意味のない出来事などなく、すべて必要だから起こっているということ。

何かのメッセージ!?

いろんな高齢者の方を見てきて、独居高齢者が亡くなった後、残されて一番困るのは不動産です。

私はこれまで持ち家は安心材料でしたが、今では負担になっていました。

右手首を骨折したときは、もし自宅マンションを売却するにもサイン一つできない！

認知症になったら契約すらしてもらえないと痛切に感じ、終活する身辺整理の時期がきたことを教えてくれるシグナルと受け取りました。

二〇二二年十一月、某社の〝売却して賃貸契約し、そのまま住み続けられる制度〟を知り相談することにしました。

孫のような歳の差の担当者のＹさんが、とても真摯に向き合ってくれて何度も話を重ね、週一回の安否確認の電話もあるとか（孤独死されたら困りますものネ）、売却を決心しました。

これまでも何度かマンション売買契約の経験はあるものの、若いときとは違う大変さは心身共に感じ、先になればなるほど負担が大きいと改めて痛感しました。

私はＮＰＯ法人〝葬送の自由をすすめる会〟の会員になっていて海への散骨を希望しています。一度、模擬自然葬に参加したことがあり、相模灘からチャーター船に乗り、弔いのお花（海を汚さないため花の部分だけ、私はガーベラを用意）と模擬遺灰（水溶性の紙に包まれた砂）を海にまき、自然に帰る命の循環を感じる経験でした。

死亡を確認するとまず必要な連絡先は葬儀社です。同会員の葬儀社さんを紹介され十二月に会いに行きました。

散骨する場合、骨は粉骨しなければなりません。直葬プランで粉骨までの生前契約をし費用を納付しました。次に某社に遺品整理の下見見積りをして頂きました。

あと何が大変かと考えると、出生から死亡までの戸籍謄本を揃えることです。若い頃は何度も引越しをし、結婚入籍、除籍等、出生した大阪まで遡り、各区役所に連絡しやっと揃えることができました。

こんなにじっくり戸籍謄本を見るのは初めてで、父母の婚姻や離婚、父との縁が薄かっただけに、父が私の出生届をしてくれた記載に何だか胸がいっぱいになり、ありがとうと言いました。

私は子どもがいないので二人の姪（姉の娘）に手紙を送り理解してもらい、姪たちが来宅しエンディングノートの置き場所等、改めて確認してもらいました。

死後、できるだけ迷惑を掛けたくないと思いますが、必ず誰かにお世話になります。

だからこそ、生きている間は少しでも人の役に立ちたいと思います。

仕事で財を成した人を成功者と言うかもしれません。お金は大切ですが、でもいくらあったら安心、満足するのでしょうか？

もっともっとと執着心に切りがなくなります。自分にとっての役割や意味、社会貢献して、それが私自身の喜びになる成幸者になりたい。

そして今は女優として演じることが楽しくなってきたのです。毎回、現場に行くまでがひと仕事と思いながら、体力的にはキツくなっていますが自分とは違う人の人生を演じるのはなんて面白く深いのだろう！

私の願いは生涯現役で、ポックリ逝くこと！　でも……それが一番難しい！

あとがき

昭和五十六年三月、七十四歳で父が亡くなりました。姉と私が大阪へ行き対面しましたが端正な顔だちの父は美しかった。

私がはじめて人の死顔《しにがお》を見たのは父でした。

その後結婚五か月で亡くなった夫、十三年の母の介護が終わり、六十五歳で介護福祉士資格を取得し、介護現場での人生ドラマや経済問題に至るまで、様々な人間の生き方を垣間見てきました。百人いれば百通り、これまでいかに自分の狭い価値観に縛られてきたかと思い知らされた経験でした。

心理学を学び、固定観念を外していく（論理療法）等、様々なカウンセリングを受けてきました。

もし今日が最後の日だとしたら、あなたは何をしますか……。

いろんな人と関わりながら、人間の優しさ温もりもいっぱい経験し終活に至るまでの私自身を自己開示しました。

日本メンタルヘルス協会代表・衛藤信之様、円谷プロ様、倉本聰様、平木久子様、橋爪功様、工藤堅太郎様、その他の方々とのエピソードを書かせて頂き、そして最後まで読んで下さった貴方様に感謝致します。

ありがとうございました。

澤井孝子

著者プロフィール

澤井 孝子（さわい たかこ）

1949年、大阪府生まれ。

女優、介護福祉士、心理カウンセラー。

高校3年生の時、京都着物雑誌「美しい装い」ミス着物に選ばれる。

劇団〝雲〟入団、1975年、演劇集団〝円〟の創立メンバーに参加し10年後退団する。

13年間の母の介護が終わり、65歳で介護福祉士取得。日本メンタルヘルス協会で心理学を学び2019年プロコース修了。

公認心理カウンセラーに認定される。

茶道（裏千家）宗孝。

【舞台】スカパンの悪だくみ、黄金の国、メナム河の日本人、あんぽんたん物語、暴れん坊将軍、桃太郎侍、父の詫び状　他
【ＴＶ】『だいこんの花』でデビュー、『ミラーマン』（1971、フジTV）ヒロイン御手洗朝子役でレギュラー出演、『愛すれど愛は悲し』、『やすらぎの刻～道』、『ラジエーションハウスⅡ』、『ペルソナの微笑』、『勝利の法廷式』、『世にも奇妙な物語』　他

写真の掲載につきまして、連絡が取れない方もいらっしゃいました。お心当たりの方は小社編集部までご連絡いただければ幸いです。

陽光《ひかり》きらめく生と死のはざまに

2024年2月15日　初版第1刷発行

著　者　澤井 孝子
発行者　瓜谷 綱延
発行所　株式会社文芸社
〒160-0022　東京都新宿区新宿1－10－1
電話　03-5369-3060（代表）
03-5369-2299（販売）

印刷所　図書印刷株式会社

ISBN978-4-286-24951-3